AF312813

UNIVERSITÉ DE FRANCE.

ACADÉMIE DE PARIS.

THÈSE DE BELLES-LETTRES.

LITTÉRATURE ANCIENNE ET MODERNE.

Les Points de Doctrine exposés dans cette Thèse seront développés,
éclaircis et défendus, le 20 août 1823,

Par M.-M.-H. RENARD,

ÉLÈVE DU SÉMINAIRE D'ORLÉANS, LICENCIÉ, ASPIRANT AU GRADE DE DOCTEUR.

THÈSE

DE LITTÉRATURE ANCIENNE ET MODERNE.

DE L'ODE.

La meilleure théorie de l'art sera toujours l'analyse des bons modèles.

LAHARPE, Cours de litt.

Entreprendre de développer en détail la naissance, les progrès et les divisions du genre lyrique, ce serait vouloir traiter à fond toutes les branches de la littérature [1]; car je ne pense pas avancer un paradoxe en prétendant que toutes ont pris leur origine dans l'ode, dont elles ne sont que des développements. Pour s'en convaincre, il ne faudrait que jeter un coup d'œil sur les premiers principes des arts, sur les premières idées des mortels; mais, puisqu'aucun monument ne nous reste pour nous certifier ce qui fut, contentons-nous de deviner ce qui dut être.

Lorsque, ouvrant pour la première fois les yeux à la lumière, l'homme parcourut avec avidité cet univers dont la naissance était aussi miraculeuse que la sienne, saisi d'un saint enthousiasme à la vue des merveilles qui s'offraient en foule à ses regards, il célébra par des chants d'allégresse la magnificence et la bonté du Dieu auquel il était redevable de tant de biens : ainsi la poésie lyrique fut son premier langage. Peu à peu le nombre des mortels s'accrut; des besoins réciproques les réunirent, et la société leur prodigua ses nombreux avantages. La poésie, dont les sublimes accents avaient exalté la puissance du Créateur, se chargea encore de chanter la gloire des hommes illustres qui les premiers avaient réuni les mortels *errant à l'aventure* au milieu des forêts, et qui par ce bienfait venaient, pour ainsi dire, de donner au monde une existence nouvelle. Ses chants de reconnaissance célébrèrent les premiers législateurs, pères de la sûreté et de

[1] Par ces mots, *toutes les branches de la littérature*, j'entends non seulement tous les genres de poésie, mais encore l'histoire, et si, dans les compositions littéraires, je cherche à en trouver une qui ne puisse se rapporter à l'ode, je ne vois que l'art oratoire, ou l'éloquence proprement dite. Celle-ci n'est qu'un développement du langage ordinaire de la conversation; elle dut son origine au besoin, et non au plaisir comme les autres branches. Deux hommes, las de se disputer, et ne pouvant s'accommoder, eurent recours à un plus puissant ou à un plus sage. Fier de cette nouvelle autorité, il ordonna à chacun de déduire ses raisons : suivant les passions dont ils se sentirent plus ou moins émus, ils ornèrent leurs récits; voilà l'éloquence. Comme l'a dit un de nos bons écrivains, c'est l'usage qui apprend la grammaire d'une langue, ce sont les passions qui en apprennent la rhétorique.

l'indépendance , les inventeurs des arts, et ces braves guerriers qui, résistant à d'injustes agresseurs, versèrent leur sang pour défendre les droits de leur patrie . l'honneur de leurs épouses, et la liberté de leurs concitoyens ; ces chants patriotiques se transmirent d'âge en âge. La mère exerçait ses enfants encore jeunes à les répéter avec elle, et la nation toute entière les faisait entendre dans les jours de fête. Au milieu des forêts et des rochers glacés du Nord , le sauvage descendant des héros de la Scandinavie redit encore d'un air de triomphe les louanges d'Odin , la gloire de Malvina et les combats sanglants des nobles enfants de Morven. Et , répandu sur toutes les parties du globe, ce peuple inconcevable , dont l'existence et la durée sont une énigme pour le philosophe , chante encore la délivrance de ses ancêtres sous la conduite de Moïse, la valeur du fils de Noun. la destruction d'Amalec , la gloire de David , la sagesse et la puissance de Salomon. Ainsi chez tous les peuples, quelques odes pleines d'énergie et dictées par l'enthousiasme furent les premières annales. Je sens qu'il y a bien loin d'une ode de Pindare à un chapitre de Tacite ; cependant on pourrait aisément . en suivant les progrès de l'art. faire voir les nuances légères que le temps et l'étude ont amenées successivement. L'ode développée a donné naissance au poëme épique . et le changement n'est pas bien sensible. Il y a bien plus de différence entre tel et tel psaume . telle et telle ode de Pindare ou d'Horace. qu'entre la quatrième pythique [1] et un chant de l'Iliade ou de l'Odyssée. Bien plus, le nom même de ἐκλογάδια [2] ne nous indique-t-il pas que ce que nous avons toujours regardé comme un modèle d'un genre à part auquel nous donnons le nom d'épique, n'est qu'un recueil de pièces que nous appellerions odes si elles étaient seules et détachées ? Du poëme épique à l'art dramatique il n'y a qu'un pas : dans l'un le récit est dans une seule bouche , dans l'autre il est raconté par plusieurs. L'art dramatique s'est divisé en deux parties . la tragédie et la comédie : de celle-ci est dérivée sans effort la satire , puis l'épigramme , etc. . etc. Enfin il n'est , à mon avis. aucun genre de littérature que l'on ne puisse faire remonter à ce qu'on appelait ode dans l'origine. Mon intention n'est pas ici d'effleurer . même légèrement , chacune de ces parties : les limites de cette dissertation et surtout la faiblesse de mes connaissances ne me le permettent pas. Je me bornerai donc à traiter un peu cette espèce de composition qui a conservé spécialement le nom d'ode.

Je dis *traiter un peu* . car approfondir cette matière serait peut-être encore une entreprise au-dessus de mes forces. Ainsi, au lieu de m'étendre sur les définitions, les règles, les défauts du genre lyrique, je me contenterai de dire ce que l'ode a été chez les Hébreux, les Grecs , les Latins . et ce qu'elle est devenue chez nous ; et pour cela je donnerai simplement les réflexions qui se sont présentées à mon esprit en lisant les psaumes . les chants de Pindare . les chansonnettes d'Anacréon . les odes d'Horace et de notre Rous-

---

[1] Plus j'y réfléchis, moins je conçois qu'à moins de déterminer le nombre des vers et leur mesure, on puisse trouver une définition de poëme épique qui ne convienne pas à cette ode. Demandez-vous une action grande, des héros, un chef de l'entreprise, l'intervention des dieux, du merveilleux, des épisodes, de beaux vers, vous trouverez tout cela. Je laisse cette difficulté à de plus habiles.

[2] Ῥάπτω, coudre, joindre, assembler ; ᾠδή, ode, chant.

seau [1]. Je ne veux pas entrer ici en de longues dissertations sur la naissance, la patrie, et même l'existence d'Orphée, d'Ariphron, de Musée, d'Alcée, de Sapho, etc., etc.; je ne veux pas même chercher à résoudre ces questions par rapport aux poëtes que j'ai cités. Toutes ces recherches inutiles, et surtout ennuyeuses, me feraient perdre un temps précieux que j'aime mieux consacrer encore à relire ces auteurs, dont les ouvrages, authentiques ou non, m'ont fait le plus grand plaisir. J'ai vu le beau, je l'ai senti, je l'ai admiré; je ne veux qu'indiquer ici l'endroit où il se trouve.

Tout le monde convient que les odes les plus anciennes qui soient parvenues jusqu'à nous sont celles de David [2], ou au moins les psaumes qui portent son nom, quoique très probablement une bonne partie ne soit pas de ce prince; après elles viennent celles des Grecs : ainsi, si nous voulons savoir un peu exactement ce qu'a pu être l'ode, c'est surtout chez ces peuples qu'il faut l'étudier. Chez les Latins et chez nous, elle a bien changé de caractère, et si, dans ce sujet, on voulait aussi distinguer les temps anciens des temps modernes, Pindare serait à mon avis le dernier de ces anciens temps, et Horace, malgré ses liaisons avec Virgile, devrait nécessairement se nommer moderne; car il ressemble infiniment moins à Pindare qu'à Jean-Baptiste.

Maintenant, si nous voulons connaître un peu l'ode, l'étymologie pourra nous guider. Le recueil que nous appelons Psaumes est intitulé dans l'hébreu ספר תהלים, le livre des louanges; ce mot תהלים dérive de הלל, *célébrer, vanter;* quelques uns sont intitulés מזמור; ce mot vient de זמר, *chanter;* de là dérive aussi זמיר, *chant,* et מזמרות, *instruments de musique* (II Rois, 12, 14); quelques autres sont appelés שיר, de שור, *chanter.* Enfin la plupart sont adressés au chef de la musique; car c'est, je crois, ainsi qu'il faut traduire ce למנצח qui a tant exercé les commentateurs. Chez les Grecs ᾠδή, contracté, pour ἀοιδή, vient de ἀείδω, *chanter;* il offre de plus une singulière ressemblance avec הודה, *il a célébré, il a rendu gloire.* D'où l'on peut conclure que chez les Hébreux, comme chez les Grecs, l'ode fut un chant, et un chant accompagné d'instruments. Ainsi voyez-vous David qui vous dit, ps. 144, « Je te chanterai, Seigneur, un cantique nouveau, je m'accompagnerai » sur le nébel à dix cordes; » et 150, « Célébrez son nom en chœur, avec le toph et le » kinnor; faites retentir les cordes et les instruments de musique. » Je pourrais citer un plus grand nombre de textes, mais je me contente des preuves que me fournissent ceux-ci.

---

[1] J'avais lu aussi, dans l'intention de les comparer à ces ouvrages, les hymnes connus sous le nom d'Homère, quoiqu'ils ne soient pas tous de cet auteur; mais, excepté quelques morceaux assez rares, je n'y ai rien vu de bien remarquable. Ce ne sont que de longs récits, de longues histoires, où le poëte ne s'interrompt qu'une fois ou deux tout au plus pour s'adresser au dieu qu'il célèbre. C'est surtout de ces hymnes qu'on peut dire qu'ils ressemblent au poëme épique; la seule différence que j'y aie trouvée, c'est qu'ici le merveilleux est le sujet principal, au lieu que dans l'Iliade, l'Odyssée, l'Énéide, la Jérusalem délivrée, la Henriade, il n'est qu'accessoire; mais Milton a prouvé qu'on pouvait faire un poëme épique, et un beau poëme, en prenant le merveilleux pour sujet principal.

[2] Je n'entends parler que des écrivains qui se sont livrés exclusivement au genre lyrique; sans cela j'aurais cité le superbe cantique de Moïse après le passage de la mer Rouge, et celui de Débora, qu'un auteur plein d'érudition a regardé comme l'original où ont été pris tous les traits de cette guerre de Troie que nous nous sommes avisés de regarder comme une histoire véritable.

(4)

Le dernier prouve que, non seulement l'ode était chantée, accompagnée d'instruments,
mais aussi de chœurs de danses ; et je m'appuie sur cela pour entendre les mots *strophes,
antistrophes*, qui ont toujours été si obscurs.

Ces idées se trouvent encore bien plus souvent chez Pindare ; je n'en rapporterai qu'un
petit nombre d'exemples. Le poëte, pour trouver une transition entre l'éloge des jeux les
plus célèbres de tous et celui de son vainqueur, s'exprime ainsi :

« Et nous ne chanterons pas un combat plus brillant que celui d'Olympie. C'est là
» que les pensées des sages composent ces hymnes célèbres que répétent à l'honneur de
» Jupiter ceux qui assistent aux festins somptueux d'Hiéron. » Ire olymp., 1re strophe.

Il commence ainsi la troisième olympique :

« C'est aux Tyndarides amis des hôtes, à Hélène ornée d'une belle chevelure, que je
» veux plaire en célébrant l'illustre Agrigente par un hymne de victoire composé à
» l'honneur des chevaux infatigables de Théron, vainqueur à Olympie. Ma muse est au-
» près de moi ; je cherche une nouvelle manière d'accommoder un chant bien propre à
» la danse, sur la mesure dorienne. »

Aussi Pindare fait-il sans cesse l'éloge de ses chants, de ses instruments : « Hymnes,
» s'écrie-t-il, qui dominez avec le luth, quel dieu, quel héros, quel homme chante-
rons-nous ? » IIe Olymp., 1re strophe.

Aussi quand une fois il a commencé à vanter la lyre, il se sent ravi, transporté ; ses
expressions, toutes rapides qu'elles sont, ne peuvent cependant suivre la rapidité de ses
idées, qui se pressent [1]. Alors on peut dire comme Horace :

> Monte decurrens velut amnis, imbres
> Quem super notas aluere ripas
> Fervet, immensusque ruit profundo
> Pindarus ore.

Liv. IV, ode 1re.

J'espère bien qu'on ne prétendra pas répondre à ces preuves en disant qu'Horace et
J.-B. Rousseau parlent aussi de leurs lyres, de leurs chants. Car si, dans Pindare et David,
le nébel, le kinnor, le toph, la lyre, le luth, etc., sont des expressions métaphoriques,
il faut aussi regarder comme telles celles qui nous peignent et les chœurs de danse, et la
mesure dorienne, et les repas somptueux d'Hiéron, ce qui est ridicule. Or, il ne le serait pas moins de supposer qu'on ait jamais pensé à mettre en musique la belle ode de
J.-B. Rousseau au comte du Luc, ou qu'on ait jamais chanté en dansant aucune de celles
d'Horace et entre autres celles qui, comme la 20e et la 30e du premier livre, la 11e du
second, la 6e et la 7e du troisième ; les 3e, 4e, 5e des épodes, etc., etc., ne diffèrent
d'une épitre que par la mesure des vers.

Ainsi, chez les anciens seuls, l'ode fut un chant accompagné de musique et de danses ; chez eux l'art est presque nul ; l'imagination a tout fait, ou plutôt l'inspiration du
moment a tout créé. Un objet se présente à l'esprit du poëte : à l'instant il l'a embrassé

---

[1] Voyez ci-après, page 10.

tout entier, il en a senti toute l'étendue, saisi tous les rapports. Il le voit uni à une foule d'autres objets, et, pressé du besoin de vous dire ce qui le frappe, il les décrit l'un après l'autre, il met sous vos yeux des tableaux superbes qu'il trace en maître : mais, à l'instant où vous y pensez le moins, son esprit a découvert une nouvelle idée jointe par quelques liens à celle qu'il avait saisie d'abord, et déjà, tout ému encore du premier spectacle, vous sentez votre âme ravie d'un nouvel objet. Le ciel, la terre, la mer, l'univers entier est à ses ordres: à sa voix les ombres sortent des enfers [1], le présent, le passé, l'avenir [2], tout est sous les yeux, tout lui offre des images imposantes, tout est de son domaine. Ce n'est plus un mortel, c'est le dieu de l'harmonie qui prononce ses oracles. Il a dit, et les fleuves ont battu des mains [3], les montagnes ont bondi comme des béliers [4]; les cieux se rouleront comme un livre; et toute leur armée tombera comme tombe la feuille de la vigne et du figuier [5]. La foudre est tombée des mains de Jupiter, son aigle s'est endormi sur son sceptre [6]; Mars a oublié ses fureurs [7]; l'Etna s'est entr'ouvert, il a vomi de ses entrailles d'épouvantables fleuves de feu [8] : l'univers s'est écroulé, et debout au milieu des ruines qui venaient le frapper, le juste n'a point été troublé [9].

Quand une fois on se sera fait cette idée de l'ode, on ne cherchera pas à l'examiner avec la règle et le compas d'une raison froide et sévère. Sans doute une belle ode doit être raisonnable; mais je ne crains pas de dire que la raison n'est pas sa première qualité. Ce sont des descriptions surtout et de l'harmonie qu'il me faut. Que servent dans David ces répétitions si fréquentes ? « Il a tendu des embûches pour enlever le pauvre, il enlèvera le pauvre en » le tirant dans ses filets ? » (Ps. 10 des Heb., v. 9.) Que marque cette division si ordinaire d'un verset en deux parties, dont chacune offre presque le même sens. « Tu m'as protégé » contre l'assemblée des méchants, contre la multitude de ceux qui commettent l'injus- » tice. » (Ps. 64, v. 3.) « Ils se réjouiront tous les jours en ton nom, ils se glorifieront » dans ta justice. » « C'est à toi qu'appartient la gloire de toute leur puissance, et notre » élévation vient de ta bonne volonté. » (Ps. 89, 17, 18.) Que font dans Pindare, et des muses *à la chevelure violette* (1re pyth., 1re strophe), et les feuilles *dorées* des oliviers d'Olympie (1re Nem., 1re antistr.); Hélène *à la belle chevelure* (3e olymp., 1re strophe). Que sont les oreilles *noires* de Cerbère (Hor., liv. II, ode 10), la bouche *vermeille* d'Auguste (liv. III, ode 3), l'air *vide* (liv. I, ode 3), l'eau *humide* d'Anacréon (Anacréon, ode 3), Oreste *aux pieds blancs* (ode 31), et des milliers d'expressions de ce genre qui seraient ridicules aux yeux de la raison, si l'harmonie ne les avait pas elle-même appelées? C'est

[1] Horace, liv. 1er, ode 23. liv. II, ode 10.
[2] Liv. 1er, ode 13.
[3] Ps. 98, v. 8.
[4] Ps. 114, v. 3 et 4.
[5] Ps. 34, v. 4.
[6] 1re pyth., 1re strophe.
[7] Ibid., 1re antistrophe.
[8] Ibid., 2e strophe.
[9] Horace, liv. III, ode 5.

l'harmonie qui les a voulues , c'est elle qui leur a donné leurs places ; c'est à elle qu'elles doivent tous leurs agréments. Cette réflexion prouve jusqu'à l'évidence que, pour bien apprécier une ode , il faut la lire dans le texte original et non dans une traduction, qui , quelque exacte qu'elle soit , la dépouille toujours d'une partie de ses beautés. Ainsi c'est dans les auteurs mêmes que nous allons l'étudier. Si je me suis permis quelquefois de ne donner que ma traduction, c'était pour ne pas trop grossir ce petit traité ; et d'ailleurs j'ai pensé que tout le monde ayant entre les mains les poëtes que je cite , il sera facile à tous de se procurer le plaisir de les voir eux-mêmes, plutôt que de se donner la peine de chercher à les reconnaître dans des portraits sans doute peu ressemblants , car ils ne sont pas de main de maître.

DAVID.

Quand on pense que plus de treize cents écrivains se sont exercés sur les psaumes de David, on se sent violemment tenté de renoncer à en dire un seul mot ; car que dire après tout cela ? Mais aussi quand on réfléchit aux innombrables difficultés d'une langue qui ne ressemble en rien à celles qu'on nous fait apprendre dans les colléges ; quand on réfléchit que , malgré les recherches les plus grandes , plusieurs psaumes n'ont pas encore été expliqués d'une manière satisfaisante ; quand on réfléchit surtout que ces admirables beautés dont ils sont remplis, loin d'avoir été jamais bien appréciées, ont souvent été décriées par des gens instruits d'ailleurs , mais qui auraient cru se déshonorer en avouant qu'il pût y avoir quelque chose de supportable dans les prières que le paysan chante aux vêpres de son village ; alors, pour peu qu'on sache les sentir , on ne saurait s'empêcher de s'élever de toutes ses forces contre ce préjugé littéraire. Je ne suis certainement pas capable de les développer dignement ; autant qu'un autre , sans doute, je me trouve arrêté par les difficultés de l'hébreu ; mais ce que je puis bien assurer , c'est que tous les psaumes que j'ai pu comprendre me semblent bien au-dessus de Pindare et d'Horace. C'est là qu'on trouve la véritable source du sublime ; là , sont les plus grandes, les plus nobles , les plus magnifiques idées ; et c'est, je crois, ce qu'avouera volontiers tout homme qui, avec quelques notions de l'ode , voudra lire les psaumes sans prévention. Que devient par exemple le *Clari giganteo triumpho , cuncta supercilio moventis* (Hor., Liv. III, ode 1), auprès du « Il a dit , et (l'univers) a été ; il a ordonné, et il est de- »venu stable (Ps. 33, v. 9) ? « Que deviennent les plus belles idées de celui qui s'appelait *Jupiter Optimus, Maximus ,* à côté du Dieu qui *donne aux animaux leur pâture, et la nourriture aux petits des corbeaux qui l'invoquent ?* (Ps. 147, v. 9.) Peut-on rien comparer à ce bel endroit où David, cherchant à éviter la présence du Dieu qu'il a offensé, s'écrie : « Si je monte dans le ciel tu (es) là ; je m'établis dans l'enfer, te voilà ; je prends les »ailes de l'aurore, j'habite au-delà des mers, c'est encore ta main qui me porte , c'est »ta droite qui me soutient ? » (Ps. 139, v. 8 , 9 , 10.) Quel style et quelle majesté ! Et qu'on ne croie pas que ce soit là ce qu'il y a de mieux dans les psaumes, ou même un choix de pensées sublimes extraites avec grand soin ; ce sont les trois premiers passages qui se sont présentés à moi à l'ouverture du livre. Quand je lus les psaumes pour la première fois, j'admirai d'abord des choses que je croyais ne pouvoir jamais être égalées, même par celui qui les avait imaginées : mais bientôt j'eus lieu d'être détrompé de cette erreur ; et il est vrai, à la lettre, que l'admiration de ces merveilles a presque dégénéré chez moi en une stupeur qui me met hors d'état de choisir ce qui a fait sur moi le plus d'impression. Je ne parle pas seulement de quelques phrases , je parle des psaumes entiers. J'en vais analyser un ou deux qui sont superbes , mais que je ne donne pas comme les plus beaux de ce recueil : je les prends au hasard. Le premier qui se présente est une ode de morale ; avec les idées que j'ai données du genre lyrique , on conçoit aisément combien de difficultés présente un sujet si philosophique. Voyons comment David l'a traité. C'est le quarante-neuvième des Hébreux ; il ressemble en plus d'un point à l'ode d'Horace *Odi profanum*, etc., liv. III, ode 1re.

Comme le poëte latin, le lyrique de Sion invite à l'écouter, et annonce qu'il va publier de grandes choses.

« Peuples, écoutez-moi ; vous tous, habitants de l'univers, prêtez une oreille attentive ;
» vous, enfants des hommes, enfants des puissants, riches et pauvres, écoutez - moi.
» Ma bouche publiera la sagesse, mon cœur [1] annoncera la prudence. »

Après cette invocation le poëte entre en matière : il veut parler de la vanité des richesses, et, s'élevant au dessus de toute crainte, il ne connaît que celle de faire le mal.

« Que craindrai-je dans les jours les plus mauvais, sinon que l'iniquité ne s'attache
» à mes pieds. »

Cette fermeté, cette confiance, lui rappellent à l'instant la folie des impies qui ne comptent que sur eux-mêmes et leurs possessions :

« Il en est qui se fient sur leur puissance, qui se glorifient de l'immensité de leurs
» richesses.
» Mais l'homme pourra-t-il racheter son frère ? pourra-t-il payer à Dieu le prix de sa
» rançon ? »

Quel sublime dans ces expressions si simples, l'homme paiera-t-il à Dieu la rançon de son frère !

« Non, reprend le poëte, leur âme est trop précieuse ; personne ne pourra faire qu'elle
» vive éternellement, et qu'elle ne tombe pas dans la fosse. »

Puis il s'arrête un instant pour faire cette réflexion, si souvent répétée depuis, et qui dut faire un grand effet lorsqu'elle parut pour la première fois exprimée noblement :

« Les sages meurent ; les insensés et les imprudents périront comme eux.
» Ils laisseront leurs richesses à des étrangers ; le sépulcre sera leur demeure dans
» tous les siècles , leur habitation dans la suite des âges. »

Mais comme les grands effets naissent des contrastes, d'un choc, d'une opposition dans les idées, le prophète roi nous rappelle à l'instant que ces grands, ces riches qu'il vient de nous montrer étendus dans la tombe, l'avaient sans cesse éloignée de leur pensée, ils s'étaient crus immortels. « Ils avaient donné leurs noms à leurs terres. Le puissant

[1] Le texte porte : et la méditation de mon cœur.

» n'est pas resté au faîte des honneurs , le voilà tombé comme la brute. Telle est la route
» que leur a fait suivre leur folie , telle est celle que suivront leurs descendants. »

Mais où les conduira cette route ?

« Ils seront menés en enfer comme un troupeau , la mort sera le berger. »

Peut-on voir une idée à la fois aussi sublime et aussi effrayante ? On dirait que le
poëte lui-même en a été frappé de terreur.

« Pour moi , s'écrie-t-il aussitôt, Dieu arrachera mon ame à la puissance de l'enfer ,
» après m'avoir pris sous sa protection. »

Rassuré par cette confiance en son Dieu, il continue tranquillement de nous parler
encore de la fragilité du bonheur du riche , et il finit par cette réflexion philosophique :

« L'homme au milieu des grandeurs n'a pas compris cela , il est devenu semblable à la
» brute. »

Voilà comme ce poëte si décrié a su raisonner sans sécheresse , et faire de la poésie
sans extravagance ; c'est toujours ainsi que chez lui la raison et la vérité se mon-
trent parées des plus nobles et des plus riches ornements.

Mais voulez-vous un peu plus de mouvement , lisez seulement la traduction de cette
petite ode (Ps. 114) où il chante la délivrance d'Israël.

« Lorsqu'Israël sortit de l'Égypte , et la maison de Jacob du milieu d'un peuple
» étranger ,

» Dieu rendit Juda son peuple saint , il établit sa domination dans Israël.

» La mer le vit et s'enfuit, le Jourdain retourna vers sa source.

» Les montagnes bondirent comme des béliers , et les collines comme de petits agneaux.

» Mer, pourquoi as-tu pris la fuite ? Jourdain , pourquoi as-tu remonté vers ta source ?

» Montagnes, pourquoi avez-vous bondi comme des béliers , et vous, collines , comme
» de petits agneaux ?

» Tremble , ô terre , devant la face de notre maître , devant la face du Dieu de Jacob,

» Qui change la pierre en un torrent d'eau , et le rocher en une fontaine. »

Si vous voulez entendre les doux airs inspirés pour l'amour de la patrie , lisez les plain-
tes des Israélites captifs à Babylone.

(Ps. 136.) « Nous nous sommes assis sur les bords des fleuves de Babel, et nous avons
» pleuré au souvenir de Sion.

» Nous avons suspendu nos kinnors aux saules qui sont au milieu de cette ville.

» Alors ceux qui nous avaient emmenés captifs nous ont demandé quelques canti-
» ques ; ceux qui nous opprimaient nous ont demandé des airs de réjouissance.

» Chantez-nous quelque cantique de Sion.

» Comment chanterions-nous un cantique du Seigneur sur une terre étrangère ? etc. »

Enfin quelles que soient les beautés que l'on désire dans un poëte, on doit les chercher
dans David. Style sublime , figures hardies , transitions heureuses, expressions nobles ,
tableaux superbes , harmonie ravissante , tout est là. Et si l'on veut comparer ce poëte
à tous ceux qui ont travaillé dans le même genre , autant vaut-il , à mon avis , comparer à Jupiter le Jéhovah dont il est dit (ps. 18, v. 9 et suiv.) :

» Sa colère a fait élever une épaisse fumée, un feu dévorant est sorti de sa bouche,
» des charbons ardents étaient devant lui.

» Il a abaissé les cieux, et il est descendu ; les nuages étaient sous ses pieds.

» Les chérubins étaient ses coursiers ; il a pris son vol, il a volé sur les ailes des vents.

» Une profonde obscurité l'environnait, les nuées entassées autour de lui formaient sa
» tente.

» Les nuées ont été percées des éclairs qui brillaient devant lui, la grêle et le feu sont
» tombés de leur sein.

» Et Jéhovah a tonné du haut du ciel, le Très-Haut a fait entendre sa voix : c'était
» la grêle et des torrents de feu.

» Il a lancé ses flèches, et a dissipé mes ennemis ; il a redoublé ses foudres. il les a
» renversés.

» Et les sources des eaux ont été dévoilées ; les fondements de la terre ont paru à dé-
» couvert.

» Parceque tu les a menacés, Seigneur, et qu'ils ont senti le souffle de ta colère. »

Tel est Jéhovah au-dessus des autres dieux, אל אלהים יהוה (ps. 5o); tel est David au-
dessus des autres poëtes lyriques.

PINDARE.

Quel est donc ce singulier génie dont tout le monde parle d'une manière si diffé-
rente et souvent sans le connaître ; que les uns ont cru ne pas pouvoir assez déprécier,
les autres assez élever ; cet homme dont les chants, conservés dans la postérité, furent
une égide tutélaire pour sa maison ; ce génie que l'antiquité toute entière admira, et que
quelques modernes ont regardé comme le plus insignifiant des auteurs ; cet homme
enfin dont le nom est tellement uni à l'ode que jamais on ne peut séparer ces deux
idées, et dont les ouvrages que le temps a bien voulu épargner se présentent au milieu des ruines antiques comme le vaste portique d'un temple renversé par les révolu-
tions des siècles, et dont la hardiesse donne une idée de la magnificence du reste de
l'édifice ?

Vouloir, après plus de vingt-deux siècles, juger à Paris un auteur de Thébé, armée
d'un bouclier d'or [1], c'est juger un opéra à la lecture, ou les couleurs au crépuscule.
Je l'ai déjà dit, pour apprécier un poëte, il faut le voir entouré, pour ainsi dire, des
idées, des mœurs, des habitudes, des préjugés de son siècle ; le lire sans savoir se
mettre à la place de ses contemporains, c'est parcourir une salle du Musée des antiques
sans connaître un mot de l'histoire. Oublions un instant notre caractère français, soyons
Syracusains. Les jeux de Delphes vont s'ouvrir : Hiéron, souvent vainqueur dans ces nobles
exercices, veut encore disputer la victoire ; il équipe un vaisseau ; Phérénice va partir
avec trois rivaux de sa légèreté. Fiers du nom de Syracusains, déjà tant de fois célèbre.
et presque assurés d'un nouveau triomphe, nous partons aussi pour en être les témoins.

---

[1] Iʳᵉ isthmiq., 1ʳᵉ strophe.

Le jour fixé a paru. La Grèce entière est assemblée ; les chars sont alignés aux barrières. Nos yeux se portent principalement sur les coursiers qui ont bondi dans les plaines fertiles de la Sicile ; Phérénice est là. Il secoue majestueusement sa tête superbe , sa longue crinière blanche flotte élégamment sur son cou , du pied il frappe la terre. l'impatience agite tout son corps , son air appelle le signal et la victoire. Elle a sonné cette trompette si long-temps attendue : rapides comme la tempête [1], les chars volent dans l'arène , au milieu d'un tourbillon de poussière ; penchés sur leurs coursiers écumants , de jeunes écuyers les excitent encore du geste et de la voix. L'assemblée tient sur eux ses regards fixés , ou plutôt l'âme de tous les spectateurs vole à la suite des chars. L'espoir et la crainte règnent alternativement sur tous les visages ; ce n'est pas seulement un homme qui va s'illustrer en remportant la victoire, c'est une ville, c'est une nation toute entière. Enfin il n'y a plus de doute ; le héraut a proclamé Hiéron. Tous applaudissent ; mais à notre joie , à notre empressement , à la vivacité de nos mouvements, chacun reconnaît en nous des Syracusains. Alors une harmonie charmante se fait entendre , elle prélude avec toute la légèreté du mode dorien ; les danses vont commencer , Pindare paraît ; Pindare que les rois aiment à voir à leurs tables , Pindare seul dispensateur de la renommée. Le silence le plus profond règne dans l'assemblée ; accompagné d'un chœur , il chante :

> Χρύσεα φόρμιγξ Ἀπόλλω-
> νος, καὶ ἰοπλοκάμων
> Σύνδικον Μοισᾶν κτέανον. etc., etc.

Ire pythiq. [2].

A ces paroles superbes joignez une musique ravissante, le concours de tout un peuple, les souvenirs attachés à l'institution de ces fêtes, la présence d'Apollon lui-même , et surtout l'orgueil patriotique et, si vous le pouvez, figurez-vous quelque chose de comparable à Pindare.

Horace , dont apparemment le jugement en cette matière est de quelque poids. le sentait à merveilles, et c'est dans une de ses plus belles odes qu'il se plaît à dire :

> Pindarum quisquis studet æmulari ,
> Jule, ceratis ope dædalea
> Nititur pennis, vitreo daturus
> Nomina ponto.

Liv. IV, ode 1re.

L'ode que je viens de citer peut donner une juste idée de ce désordre lyrique dont on a tant et si souvent parlé sans l'entendre.

[1] IVe pyth., 1re épode.

[2] Pour bien sentir la différence entre une ode ancienne et une ode moderne, il faut lire l'imitation que Laharpe en a faite. Elle est belle, quoiqu'il ait omis une partie des expressions les plus hardies; et malgré que ce soient les mêmes pensées, les mêmes images, on voit que le Français a voulu nous marquer clairement la liaison des idées, que le Grec ne s'est pas même donné la peine d'indiquer.

Le char d'Hiéron a remporté le prix de la course dans une fête en l'honneur des dieux. Il s'agit de louer ce prince d'avoir su élever de bons chevaux ; c'est là sans doute qu'on peut dire avec La Fontaine, *matière infertile et petite*. Il faut aussi célébrer Jupiter, car, comme le remarque si bien Horace,

> Quid prius dicam solitis parentis
> Laudibus ; qui res hominum ac deorum,
> Qui mare et terras variisque mundum
> Temperat horis.
>
> Liv. I, ode 11.

De Jupiter à Hiéron le passage est fort simple : Hiéron a bâti la ville d'Etna, Jupiter règne sur l'Etna ; ainsi quand Pindare aura dit, Grand dieu, souverain de l'Etna, tout sera bien lié. Mais, comme je l'ai déjà remarqué, quoique Syracusain et, partant, ravi d'entendre l'éloge de mon prince, je suis Grec, et, avant tout, il me faut de l'harmonie et des descriptions. Comment donc me parler de l'Etna sans me peindre *ces fontaines très pures d'un feu inaccessible qu'il lance de son sein, cette flamme ardente qui, dans les ténèbres de la nuit, précipite avec fracas au sein de mers profondes d'énormes rochers ?* Est-il possible de ne pas me parler de Typhée, l'ennemi des dieux, des muses, et de l'harmonie, de cette harmonie si touchante qu'elle fait tressaillir le cœur farouche de Mars, endort l'aigle de Jupiter, et lui fait oublier ses foudres? Voilà l'ode et le désordre qui la caractérise.

Je voudrais pouvoir faire une analyse, même rapide, de cette ode dont j'ai déjà parlé, où Pindare, à propos d'Arcésilas de Cyrène, descendant d'un des compagnons de Jason, fait le récit de l'expédition des Argonautes, ne fût-ce que pour faire voir comment un poëte lyrique sait traiter une narration : mais je suis gêné par les bornes de cette esquisse. Au moins n'omettrai-je pas le noble début des olympiques que les plaisanteries de Lucien dans son *Coq*, et les sottes critiques de Perrault, n'ont pu rendre ridicule.

« L'eau est le plus excellent des éléments ; l'or brille entre les richesses qui donnent » de la fierté, comme un feu allumé dans les ténèbres : mais si tu veux, ô mon esprit, chanter » les combats, ne cherche pas dans l'immensité des airs un astre plus brillant au milieu » du jour que le soleil, et nous ne pourrons chanter un combat plus beau que ceux » d'Olympie. »

Je ne finirai pas cet article sans faire encore remarquer une belle idée de Pindare, sur la vanité de l'homme. (VIIIe pythiq., 5e strophe.)

« Les hommes sont d'un jour. Qu'est celui qui vit, qu'est celui qui n'est pas? » Ou plutôt : « Quelle différence y a-t-il entre celui qui existe et celui qui n'existe plus ? » L'homme, c'est le songe d'une ombre. » Bien des fois on a dit, *L'homme est comme la fleur des champs, sa vie passe comme l'ombre ;* mais quelle énergie dans cette expression, *Les hommes sont le songe d'une ombre !* Pindare ici peut soutenir la comparaison avec celui qui a dit : « Si l'on met tout ensemble les enfants des hommes dans une ba- » lance, ils s'élèvent, ils sont plus légers que le néant . » Ps. 62, v. 10.

ANACRÉON.

La réflexion que j'ai faite sur Pindare et sur la méthode qu'il faut suivre pour apprécier ce grand écrivain paraît acquérir encore plus de justesse quand il s'agit d'Anacréon. Prétendre juger avec le calme et le sang-froid de la raison les chefs-d'œuvre du génie et de l'inspiration, c'est une erreur ; mais entreprendre d'examiner ainsi les élans du plaisir et de la joie, c'est, j'ose le dire, une folie. Assis à une table bien servie, entouré des plus belles filles de la Grèce. auprès de l'aimable Bathylle, et buvant à longs traits les excellents vins de Lesbos et de Chio, Anacréon sent son âme enivrée de toutes les voluptés à la fois. Mais, en homme qui veut savourer le bonheur, il se rappelle l'un après l'autre tous les plaisirs dont il a joui ; il prend sa petite lyre d'ivoire, il chante ses amours et le dieu qui endort les noirs soucis [1], et ses chants ne sont pas un travail pour lui, c'est un charme de plus [2]. Une fois seulement il a voulu monter son luth sur un ton plus élevé, mais ; aussi délicat, aussi voluptueux que son maître, le luth n'a voulu chanter que l'amour.

En vain il a tenté de changer les cordes, en vain il a chanté les travaux d'Hercule, le luth n'a répondu que les sons de l'amour.

Aussi bientôt il dit un éternel adieu à ces graves et nobles sujets. On dirait qu'il n'a fait cette épreuve que pour rejeter sur sa lyre l'accusation de mollesse qu'il mérite si bien. (Ode 1re.)

On peut juger par cette pièce qui se trouve en tête du recueil, ce que c'est qu'Anacréon. Entreprendre de le traduire, ce serait une maladresse. On ne peut faire paraître le poëte du plaisir sous un vêtement autre que le sien ; c'est l'avis de Laharpe, à qui sans doute on peut s'en rapporter en fait de littérature. Il y a dans les moindres détails un charme, une douceur qui semblent dépendre autant de l'arrangement que du choix des expressions ; et si l'unique but du poëte est de bien nous faire éprouver ce qu'il éprouve, tout ce qui est sorti de la plume d'Anacréon est un chef-d'œuvre, puisqu'en le lisant il nous est impossible de ne pas nous sentir environnés d'un certain air de bonheur et de volupté : tout est peint avec délicatesse ; le goût le plus exquis règne jusque dans les plus petites choses. Veut-il dire que la beauté inspire l'amour, il nous raconte que les Muses ont un jour enchaîné Cupidon avec des guirlandes de fleurs. Elles donnèrent ensuite ce petit prisonnier à la beauté ; Vénus le cherche partout, elle offre le prix de sa rançon ; mais, malgré son inconstance, il s'est habitué à porter le joug, il veut rester esclave. (Ode 30.)

Veut-il encore, malgré sa vieillesse, parler d'amour à une jeune fille : Ne me fuis pas. lui dit-il, ne dédaigne pas mes cheveux blancs. . . . . Vois comme dans une guirlande le lis blanc s'unit bien à la rose. (Ode 34.)

[1] Ode 25.

[2]
    Nec si quid olim *lusit* Anacreon
      Delevit ætas.
            HORAT.

C'est ici surtout que je regrette de ne pouvoir citer. Il est vrai que, si je citais tout ce qui m'a fait plaisir dans l'aimable chantre de Théos, je ferais presque une nouvelle édition de ses ouvrages. Qu'on lise l'*Éloge de la beauté*, celui *de la rose*, l'*Amour piqué par une abeille*, l'*Amour mouillé*, l'allégorie charmante du *Songe*, les nombreuses *Louanges de Bacchus*, son ode à l'*Hirondelle*, à la *Colombe*, etc., et l'on verra s'il est possible de dire de plus jolies choses en aucune langue.

Je ne veux pas cependant quitter Anacréon sans faire remarquer une singulière ressemblance d'idées et même d'expressions entre lui et David. Dans le psaume que j'ai développé, je me suis arrêté à ces paroles : « L'homme ne pourra racheter son frère, il » ne paiera point à Dieu le prix de sa rançon. » Dans sa petite ode sur l'or, Anacréon s'exprime ainsi : « Si l'or pouvait prolonger la vie des mortels, je travaillerais à le con-» server, afin que, lorsque la mort viendra, elle en prît un peu et s'en allât ; mais puis-» qu'on ne peut racheter sa vie, pourquoi gémir, etc. » (Ode 23.)

Il est vrai que David et Anacréon ne tirent pas la même conséquence de cette idée ; mais le chantre de Jéhovah pouvait-il raisonner comme le poëte de la volupté ? C'est déjà beaucoup qu'ils aient une seule fois pensé de même.

HORACE.

Ici l'ode prend un nouveau caractère ; ce n'est plus, malgré son nom, une pièce pour être chantée. Quoiqu'elle ait des strophes et des antistrophes, c'est-à-dire des change-ments indiqués dans les pas des danseurs, jamais on ne s'avisera de chanter en dansant la vingtième du livre premier à Virgile, ni la onzième du livre second, ni beaucoup d'autres de ce recueil, qui n'ont presque que le nom de commun avec les odes de Pindare. Plus je considère ces différentes pièces, plus je me persuade qu'il n'y a réellement entre elles et une épître d'autre différence que le mètre ; comme si en perdant ses chants et ses danses, l'ode, pour ne pas cesser d'être, eût voulu conserver au moins quelque reste de sa première harmonie. On voit, en lisant Horace, que la raison, ou plutôt que le raisonnement s'est glissé dans cette partie de la littérature ; le travail y brille plus que l'imagination : c'est le contraire dans celles de David et de Pindare. Les belles descriptions ne sont pas perdues pour cela, mais les figures sont moins hardies, les élans moins vifs, les tran-sitions ménagées avec plus d'art, la liaison des idées plus claire ; enfin l'ode fut dans l'origine une inspiration qu'accompagnait naturellement le chant et la danse ; dans Horace, ce n'est plus qu'une imitation de ce délire et de cette joie: l'ode y a-t-elle perdu ou gagné, c'est ce que je me garderai bien de décider ; chacun tranchera la question suivant son goût et le plaisir qu'il éprouvera en lisant les différents auteurs. Mais, quelle que soit cette décision, jamais, je pense, il ne se rencontrera un seul homme qui ne regarde Horace comme un écrivain parfait dans le genre qu'il a choisi. Moins sublime peut-être que Pindare, il a plus de délicatesse dans l'esprit ; ses tableaux, moins magni-fiques, ont plus de fini, plus d'ensemble ; sa marche est moins rapide, mais elle est plus égale ; il ne s'élève peut-être pas autant, mais aussi il est continuellement beau. Pour

Anacréon, il a trouvé le moyen de le surpasser, non pas en disant de plus aimables ou de plus jolies choses (c'était impossible), mais en les assaisonnant d'une douce philosophie qui en fait bien mieux sentir le prix. Anacréon n'a fait qu'apercevoir les conseils que lui donnaient la brièveté de la vie, la rapidité du temps, les vicissitudes du sort : Horace les a méditées, et il en a tiré tout le parti possible. Au fait, il a saisi tous les tons, toutes les nuances ; tantôt il raisonne d'une manière suivie, mais toujours un peu fleurie, sur la fragilité des biens de ce monde, sur l'inconstance de la fortune, sur la beauté de la vertu préférable à toutes les richesses ; tantôt, prenant le ton plaintif de l'élégie, il console Virgile de la perte d'un ami. Quelquefois il célèbre les héros de Rome ; plus souvent, tout rempli de la présence de Bacchus, il chante les ris, les plaisirs, le vin et l'amour. Tantôt il adresse ses prières à cette superbe déesse de qui relèvent tous les empires, et qui se fait un plaisir de changer les triomphes en funérailles ; ou bien, transporté de colère, il charge un mauvais poëte de ses malédictions, ou il vomit des imprécations contre de vieilles et horribles magiciennes. On dirait qu'il a voulu prouver par son exemple quelle pouvait être la variété des sujets du genre lyrique. Aussi ses odes sont-elles restées dans les mains de tout le monde, tandis que celles de Pindare, malgré leurs beautés sublimes, ne sont connues que d'un très petit nombre de gens de lettres. Il est vrai que les sujets des odes de Pindare, les seuls de ses ouvrages qui soient parvenus jusqu'à nous, ne sont guère intéressants pour des Français, et que bien peu de lecteurs savent, comme il faut, se mettre à la place des contemporains du poëte. Horace seul, je crois, était capable de cette étonnante facilité à s'accommoder à tous les tons ; à la fois poëte, philosophe, satirique, épicurien, adorateur de Vénus, ami de Bacchus, et zélé disciple des plus austères stoïciens, on dirait, en lisant chacune de ses compositions, que c'est là le genre dans lequel il excelle. Délicat et galant auprès de Glycère, Lyde et Neæra, il est furieux contre la vieille Canidie, qui, sans doute, lui avait déplu autrement que par des expériences de nécromancie ; et après avoir épuisé, pour ainsi dire, toute la légèreté de son esprit à des sujets badins qu'il regarde comme seuls de son ressort [1], il trouve encore le secret de s'élever jusque dans le conseil des dieux (liv. III, ode 3). Dans l'éloge superbe qu'il fait de Pindare, il dit de lui-même :

> . . . . Ego apis matinæ
> More modoque
> Grata carpentis thyma per laborem
> Plurimum, circa nemus, uvidique
> Tiburis ripas, operosa parvus
> Carmina fingo.

Que ses ouvrages lui aient ou non coûté bien du travail, c'est ce que j'ignore et ce qu'il ne m'est guère important de savoir ; mais ce que je sais parfaitement, c'est que cette abeille, à laquelle il ressemble si bien par la variété des beautés qu'il a parcourues, n'a pas toujours erré sur les bords de l'Anio : elle a su plus d'une fois s'élever au sommet des plus hautes montagnes.

[1] Liv. II, ode 1 ; liv. III, ode 5. et passim.

Qui croirait, par exemple, que le portrait de Lycimnée, dont un cheveu est plus précieux que les trésors de la Perse [1], et celui du juste, qui regarde sans effroi les débris de
la chute du monde [2], sont sortis de la même main, et que le même homme qui écrivait,
Cunctaque terrarum subacta præter atrocem animun Catonis, ait pu dire : *Non ego sanius
Bacchabor edonis ?* Aussi n'y a-t-il rien en littérature qui me paraisse plus difficile que de
donner une idée d'Horace à quelqu'un qui ne l'aurait jamais lu. Il est si différent de lui-
même d'une page à l'autre, qu'il s'oppose à toute réflexion, à tout jugement général :
il faut l'apprécier par parties. Je me garderai donc de rien citer de lui dans l'intention
d'en faire concevoir un jugement; il serait faux à coup sûr, à moins que je ne le ci-
tasse tout entier. Cependant je ne saurais m'empêcher de parler d'une ode qui rappelle
beaucoup la manière de Pindare : c'est la 28ᵉ du livre Iᵉʳ [3].

Le poëte veut invoquer la fortune pour le salut d'Auguste et de son armée : il est tout
simple qu'il nous parle de cette déesse; mais avant de la peindre n'est-il pas juste qu'il
reconnaisse son existence? Sans doute, dans un poëme épique, ce serait encourir le reproche dont parle Horace lui-même,

> Gemino bellum Trojanum orditur ab ovo.

Mais dans l'ode ces digressions sont toutes naturelles, et il n'est personne qui puisse les
trouver blâmables. Horace le sentait bien, lui qui plus qu'un autre savait estimer
Pindare; aussi il débute par abjurer les erreurs où l'avait jeté une sagesse qui n'est que
folie :

> Parcus deorum cultor et infrequens,
> Insanientis dum sapientiæ
> Consultus erro, etc.

Il nous rend ensuite raison des motifs qui l'ont déterminé à ce changement d'opi-
nion; ce sont les signes visibles que Jupiter a donnés de sa puissance. De ce dieu à la
Fortune la transition est simple : puissante comme celui qui change les grandeurs
en bassesses, elle se plaît à dépouiller celui-ci des honneurs pour les transporter sur une
autre tête.

> . . . . Valet ima summis
> Mutare et insignem attenuat deus,
> Obscura promens : hinc apicem rapax
> Fortuna cum stridore acuto
> Sustulit : hic posuisse gaudet.

Horace était trop habitué à vivre dans la compagnie des femmes pour ne pas savoir
qu'on réussit toujours à les persuader quand on commence par des louanges : aussi ne

---

[1] Liv. II, ode 9.
[2] Liv. III, ode 3.
[3] J'ai suivi Laharpe et le bon sens, qui veulent qu'on ne fasse qu'une seule ode de la 28ᵉ et de la 29ᵉ.

vient-il à sa demande qu'après un long éloge de la puissance de la *déesse* qu'il invoque [1], et une belle description de son cortége :

> Te semper anteit, etc.

A présent il peut en toute assurance demander ce qu'il voudra ; il a pris le bon moyen de n'être pas refusé.

Une ode qui porte un caractère particulier, et dont on trouve peu d'exemples, c'est la 10e du IIe livre, où il fait des imprécations contre un arbre qui avait manqué l'écraser. Partout ailleurs le poëte n'arrive à son but qu'à travers une galerie plus ou moins longue de tableaux, ici il est au fait dès le premier vers :

> Ille et nefasto te posuit die, etc.

Mais les tableaux ne sont pas perdus pour cela ; nous ne les avons point aperçus en venant au but, nous aurons tout le temps de les considérer ensuite. Bientôt nous allons voir en tremblant le fils armé contre son père; l'hôte souillé du sang de son hôte ou préparant tous les poisons de la Colchide; le matelot carthaginois craignant de se hasarder sur les flots du Bosphore ; le Parthe fuyant devant la valeur romaine. Ce n'est pas tout encore : bientôt, transportés dans les royaumes de la sombre Proserpine, nous admirerons Sapho se plaignant sur son luth des jeunes filles de Lesbos; et sur un ton plus mâle Alcée rappelant les ennuis de la navigation , les malheurs de l'exil et les fléaux de la guerre; mais s'il commence à chanter les combats et l'expulsion des tyrans, alors, dans un silence religieux, nous nous mêlerons à cette foule d'âmes qui se pressent autour de lui pour écouter avec avidité ces récits intéressants :

> . . . . Sed magis
> Pugnas et exactas tyrannos
> Densum humeris bibit aure vulgus.

La lecture de cette pièce, comparée à celle dont j'ai déjà parlé, prouve à merveille que rien n'est aussi peu susceptible de règles que la marche de l'ode, et que, comme je l'ai déjà dit, ce n'est sur cela, c'est sur les descriptions et sur l'harmonie qu'il faut la juger.

---

[1] Horace soumet à la fortune tout ce qui se passe sur terre et sur mer.

> Te pauper ambit sollicita prece
> Ruris colonus ; te dominam æquoris , etc.

On ne sera pas fâché de voir que Pindare en a parlé de même :

> . . . . Σώτειρα τύχα
> Τὶν γὰρ ἐν πόντῳ κυβερνῶνται θοαὶ
> Νᾶες, ἐν χέρσῳ τε λαιψηροὶ πόλεμοι ,
> Κᾀγοραὶ βουλαφόροι.
>
> XIIe olymp., 1re strophe.

La même idée et presque les mêmes expressions se retrouvent dans David :
משביח שאון ימים שאון גליהם והמון למים Ps. 65, v. 7.

J.-B. ROUSSEAU.

Si je n'oppose à toute l'antiquité lyrique que notre Jean-Baptiste, ce n'est pas que je m'imagine qu'il puisse dignement soutenir le parallèle, mais c'est qu'en fait d'ode nous n'avons réellement que lui dont on puisse parler. La poésie a été cultivée trop tard chez nous pour que nous ayons pu avoir de grands succès lyriques, et plus nous avancerons, moins nous pourrons en espérer. En suivant la route tracée à tous les peuples par la nature, nous avons presque entièrement parcouru le cercle de la civilisation, et nous sommes parvenus aux siècles de raisonnement. Il nous faut des idées bien suivies, bien liées, et surtout bien démontrées : partout nous voulons des preuves, des syllogismes. Or, quiconque a lu David, Pindare et même Horace, sent bien que ce n'est pas avec des syllogismes qu'on fait de belles odes, mais avec de l'enthousiasme ; et l'enthousiasme est une foi, une croyance à certaines vérités indépendantes du raisonnement. Aussi tous ceux qui, chez les modernes, se sont exercés dans le genre lyrique ont-ils complétement échoué ; ils sont jugés depuis long-temps, et l'on a ri d'avoir vu

> Presque durant deux lustres
> Le Pinde en proie à de petits illustres,
> Qui, traduisant Sénèque en madrigaux,
> Et rebattant des sons toujours égaux,
> Fous de sang-froid s'écriaient : « Je m'égare,
> » Pardon, messieurs, j'imite trop Pindare : »
> Et suppliaient le lecteur morfondu,
> De faire grâce à leur feu prétendu.　　Rous. Épit. V, liv. 1er.

En racontant ce qu'ont fait les petits illustres, Rousseau ne pense pas à ce qu'il a fait lui même très souvent ; car il est bien certain qu'il n'est pas du tout exempt du défaut d'*apprenti philosophe* qu'il reproche à ses rivaux. A un très petit nombre d'odes près [1].

---

[1] Je ne parlerai point ici de ses psaumes quoique ce soit la partie le plus continuellement belle de ses ouvrages : mais les pensées ne lui appartiennent pas ; les expressions les plus nobles ne sont pas de lui ; il est souvent beau, quelquefois même aussi sublime que l'original ; mais il ne l'a jamais surpassé ; il vaut donc beaucoup mieux lire David et les prophètes dans l'hébreu : c'est ainsi qu'il faut étudier ces chefs-d'œuvre, et non pas dans une traduction plus ou moins exacte. D'ailleurs comme traducteur, Rousseau a de grands défauts : celui, par exemple, de noyer des beautés majestueuses dans un déluge de paroles qui ne servent à rien, pas même à l'harmonie :

> Les cieux instruisent la terre
> A révérer leur auteur ;
> Tout ce *que leur globe enserre*
> Célèbre un Dieu créateur.
> Quel plus *sublime cantique*
> Que ce *concert magnifique*
> De tous les *célestes corps !*
> Quelle *grandeur infinie,*
> Quelle *divine harmonie*
> Résulte de *leurs accords !*

Cependant il faut avouer que, généralement parlant, c'est dans les psaumes que le style de Rousseau est plus soigné. Mais il n'avait que cela à faire ; ainsi ce n'est pas par là qu'il faut le juger.

le reste est un recueil de dissertations fort fades pour la plupart, où se trouvent quelquefois de bons morceaux, mais qui ne récompensent pas l'ennui qu'on a éprouvé pour les trouver. Celle de toutes ses odes qui est le plus estimée, et qui mérite réellement de l'être, c'est la première du livre III, au comte du Luc. Et, si on excepte une ou deux expressions qu'on n'aime guère, et quelques légères imperfections de style dont on peut dire,

> Quas aut incuria fudit
> Aut humana parum cavit natura,

c'est un morceau parfait. Tout y est beau, noble, superbe; le début surtout est d'une magnificence, d'une richesse d'imagination étonnante dans une ode française. Et cependant le sujet est bien peu de chose : c'est une consolation à un homme malade. Croirait-on qu'une matière aussi mince ait pu donner lieu à ces belles strophes :

> Tel que le vieux pasteur des troupeaux de Neptune
> . . . .
> . . . .
> Il voudrait secouer du démon qui l'obsède
> Le joug impérieux.

Cette dernière strophe amène naturellement la description des travaux pénibles qu'exige la poésie; elle est faite en grand maître, et suivie de ces deux strophes superbes,

> C'est par là, etc.,

qui vont enfin nous conduire au but.

> Ah! si ce dieu sublime, échauffant mon génie,
> . . . .
> . . . .
> J'irais, j'irais pour vous, etc.

C'est là voler comme Pindare. Nous n'avons rien en notre langue qui ait pu servir de modèle à un morceau si brillant, si pompeux et si rapide; et l'ode entière est sur ce ton. Quand on est parvenu après tant de beautés à cette strophe,

> C'est ainsi qu'au-delà de la fatale barque,
> Mes chants adouciraient de l'orgueilleuse Parque
> L'impitoyable loi.
> Lachésis apprendrait à devenir sensible,
> Et le double ciseau de sa sœur inflexible
> Tomberait devant moi,

on ne peut s'empêcher de dire, avec Laharpe : *Il tomberait sans doute, si l'oreille des divinités infernales était sensible au charme des beaux vers.*

L'ode *à la Fortune* a trouvé dans Laharpe un critique bien sévère; il est vrai qu'elle méritait un peu les reproches qu'il lui a faits; et je suis obligé d'y souscrire. Comment se fait-il qu'un sujet qui devait inspirer aussi fortement que la haine contre les conquérants, ces oppresseurs de l'humanité, ait été traité d'une manière si mince, tandis que

la maladie d'un homme fort peu célèbre avait produit une aussi belle ode que celle que
je viens d'analyser. C'est une faute inconcevable dont je voudrais pour beaucoup laver
Rousseau. Car, quoi qu'en dise Laharpe, s'il n'a pas pour lui les beaux vers, il a la raison.
et je ne vois pas comment on peut trouver fausses ces pensées :

> J'admirerai dans Alexandre
> Ce que j'abhorre en Attila?
> J'appellerai vertu guerrière, etc.

Mais ce n'est pas de raison qu'il s'agit : il faut juger l'ode, non en moraliste, mais en
littérateur ; et franchement, elle n'est pas bonne comme morceau lyrique, si l'on en
excepte cette strophe, les deux suivantes. et encore deux autres vers la fin . surtout
celle qui termine ainsi :

> Mais, au moindre revers funeste,
> Le masque tombe, l'homme reste
> Et le héros s'évanouit.

Laharpe a fait une faute, à mon avis, en voulant prouver que l'épithète du premier
vers était mauvaise, par cela seul qu'on ne l'eût pas mise en prose ; il devait pourtant
bien savoir quelle différence il y a entre une ode et de la prose bien régulière.

Ce qui prouve que Rousseau était né pour le genre lyrique, et qu'il eût bien réussi
s'il eût vécu dans un autre siècle et chez un autre peuple, c'est son habileté à varier les
rhythmes, et surtout à les accommoder à son sujet. On vient de voir comme il sait bien
décrire le mouvement, la rapidité. le tumulte d'un combat. Entendons-le chanter triste-
ment un hymne funèbre :

> Peuples dont la douleur, aux larmes obstinée,
> De ce prince chéri déplore le trépas,
> Approchez, et voyez quelle est la destinée
> Des grandeurs d'ici-bas, etc.
>
> Liv. II, od. 9.

Une autre ode que Rousseau a commencé d'une manière superbe, c'est celle qu'il
adresse au prince Eugène : il veut le louer d'avoir tout fait par devoir et rien par vanité,
et il entre en matière par ce tableau de la renommée.

> Est-ce une illusion soudaine
> Qui trompe mes regards surpris? etc.
>
> Liv. III, od. 2.

C'est là que se trouve aussi ce magnifique portrait du temps que tout le monde sait
par cœur,

> Ce vieillard qui d'un vol agile, etc.

mais l'ode entière n'a pas cette élévation. Au reste je ne crois pas que l'on en pût trouver chez Rousseau une autre aussi complètement belle que celle *au comte du Luc ;* elle est la seule qui puisse être comparée à Pindare. Il y a de beaux passages dans celles *au duc de Vendôme ; à Malherbe ; sur la bataille de Peterwaradin ; aux Princes chrétiens ; sur la paix de Passarowitz*, et quelques autres ; mais de beaux passages ne font pas une belle ode ; car s'il est un genre de littérature qui ait besoin d'être constamment soutenu, vif et sublime, c'est celui de l'ode, puisqu'elle doit tout à l'inspiration, ou plutôt puisqu'elle n'en est que l'expression, et que l'inspiration ne peut jamais être froide et traînante.

Vu ce 25 juin 1825.

BARBIÉ DU BOCAGE,

Doyen de la Faculté des lettres de l'Académie de Paris.

Permis d'imprimer. Paris, le 9 juillet 1825.

Le Conseiller Recteur de l'Académie ;

NICOLLE.

De l'Imprimerie de L.-T. Cellot, rue du Colombier, n° 30.